KB071085

도시락

길 위의 시

道 詩 樂
도 시 락

이한성

문학공감

詩集을 내며

　배낭(背囊)을 바랑(鉢囊)처럼 메고 다녔습니다.
　다니다 보니 길에는 산길, 땅길, 물길이 있는 것도 알게 되었습니다.

　산길은 백두대간(白頭大幹)을 시작으로 남쪽 땅 구정맥(九正脈)을 걷
고 여기저기 지맥(支脈)들을 찾아다녔습니다.
　땅길과 물길은 겸재의 그림을 찾아서, 마애불과 옛절터를 찾아
서, 삼국(三國)의이야기를 찾아서 다녔습니다.

　길 위에는 시간도 내려 앉았고　계절도 내려 앉았고　역사도 내려
앉았습니다.
　게다가 사람들이 산 흔적도 내려 앉고 내 마음도 내려 앉았습니다.

　처음에는 무심히 지내다가 아쉽길레 적어 보았는데 그런 느낌적
기를 이렇게 책으로 묶게 되었습니다. 세 딸의 부추김이 있었고 흩
어져 있는 글들을 모아 준 길동무도 있었습니다. 수고스럽게도 컴
퓨터에 앉아 틀린 것 없으라고, 예쁘게 꾸미라고 애써 주었습니다.
감사합니다.

특히 이 시집은 경기문화재단의 원로예술인 지원활동의 지원을
받아 내게 되었습니다. 감사합니다.

읽으시는 분들의 수고로움을 빚지겠습니다.
福 받으세요.

옛길담사가　李漢盛 올림

• 목차 •

길 위의 시

싱거운 시 · 157

한시

道詩樂

길
위
의
시

산봄

늦게 오는 山봄에
마음 빼앗기고 잠든 날

산새가 찾아 와
간밤 꿈을 묻습니다

뭐 별 건 없었고...
...如前했단다

비진도

冬栢꽃 지는 날엔
비진도(比珍島)에 가자

百年 동백길 눌러 걸어
진주댁 분 바른 얼굴에
부끄러움도 안기고

어느 해인가 고기 잡으러 바다로 갔다는
그 서방 이야기도 들어주자

좋은 데이~
소줏잔 기울이며

두고 온 時間 속 그 사람에게
카톡을 보내자
'벌써 봄도 가는구려'

돌계단 위 떨어진 冬栢이 오히려 붉어
하~ 내 맘도 붉어지는
오후는
그냥 바다를 보자

맑고 깊은 바다가 더 없이 물드는
어느 해 4월
동백보다 더 붉은 날 오후에

산길 가노라면

배낭 둘러메고 산길 가노라면

새소리 바람소리 햇빛소리

다람쥐 낙엽 밟는 소리

아랫절 목탁 소리

내 마음 소리

넘지 말게

넘지 말게 하세요
양념이 재료를 넘지 말게요

참기름 고슨 맛이
산나물 좁을 넘지 말게요

산길을 가는 내 모습이 배경을 깨지 말게요
그 속에 묻혀 없는 듯 하게요

꽃 피면 꽃이 되게요
바람 불면 바람 되게요
아무 것도 없는 날은
나도 없게요

나에게

그냥 살어
철학하지 말고
자학도 말어
탐도 말고

공연히 잘 하려고 하지 말어
안깐힘도 쓰지 말고
괜히 인생 뭐 있어
이러지도 말고

살다가 허전커든
사랑이나 한번 해 봐
밍밍하게
그저 맹물같이

사람 살면서

사람 살면서

먹고 싶은 것 있고

가고 싶은 곳 있고

하고 싶은 것 있고

보고 싶은 사람 하나 있으면 됐지

그러면 됐지

————

살면서 가지고 싶은 것도 많고, 하고 싶은 것도 많고, 가 보고 싶은
곳도 많습니다.
이런 '하고 싶은 것' 다 내려 놓으면 살 맛이 안 납니다.
그래서 저는 되도록 철없이 살려고 하는데
그러면서도 너무 慾 가득 살려고 하는 저의 어떤 친구를 보고 제 자
신을 돌아보려 쓴 낙서입니다.

老子는 '知足不辱 知止不殆:지족불욕 지지불태 (족함을 알면 욕됨이 없고,
그칠 줄 알면 위태함이 없다)고 했습니다.

희망사항

아침
해 뜨는 거
기다려지는 날이
오래
오래
계속되면

좋겠다
좋겠다

그렇게

그냥 끓여 주시게
파 마늘 넣지 말고
미원은 더욱 넣지 말고
솜씨도 빼고
그냥

장독대
거 있잖아 묵은 된장
거기에
두부 숭숭 썰어
엊그젠가
산기슭 밭둑에서 캐 온 냉이 있거든
몇 뿌리 넣고

그렇게

아침에

年前 밖에 사무실을 정리하면서 난
(蘭) 몇 분(盆)을 데리고 왔습니다.

無心도 하고 들로 산으로 다니다
보니 쟤들을 잊고 있었습니다.
어쩌다 보면 애처로울 정도로 바
짝 말라 있곤 했습니다.
드디어 모두 제 곁을 떠나고 모진
목숨 지키며 한 놈만 남았습니다.

어제 저녁 막걸리와 보쌈으로 俗
世의 냄새 가득 묻히고 돌아왔는데 낯선 향이 코를 스칩니다.
웬 향기?
나는 저를 잊었건만
없는 듯이 제 곁을 지키고 있었던 놈입니다.

사랑도 이런 것이었으면 좋겠습니다.

사는 일

사는 일은 마음을 얻는 일이다.

비가 오면 비의 마음을 얻고
바람이 불면 바람의 마음을 얻는 일이다.

외로운 날에는 山의 마음을 얻는 일이다.

낙엽 지는 날에는 가을 마음을 얻고
눈 오는 아침에는 겨울 마음을 얻는 일이다.

살아가는 길에서
사랑하는 이의 마음을 얻는 일이다.
너의 마음을 얻는 일이다.

사진 한장

석굴암 자료사진에서

그 때에도 러브레터 보내고 싶었네

머리 허연 이 나이에도 러브레터 보내고 싶네

신대철 시인의 말을 빌리면

내 땅의 말로는 도저히 부를 수 없는 그대

또 사진 한장

봄날에도 가을 날에도

곁에서 졸고 싶은 이

비오는 날에도 눈오는 날에도

곁에서 함께 졸고 싶은 이

술 한잔 하고 온 날 저녁은

깨워 이야기 나누고 싶은 이

석굴암 자료사진에서

암만 살아봐도

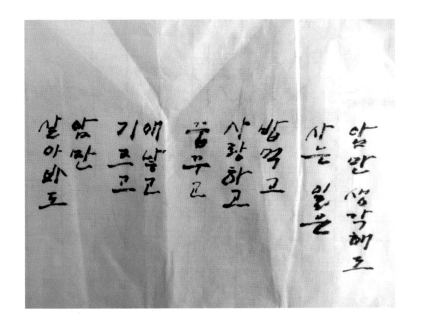

암만 생각해도

사는 일은

밥먹고

사랑하고

꿈꾸고

애낳고

기르고

암만

살아봐도

丹楓 한 잎

丹楓 한 잎
空中에 떨어지네
빈 속에 떨어지네
내 안에 지네

丹楓 한 잎
어깨에 내려 앉네

어디 가세요?
언덕 너머 절에 가

뭐 하러 가세요?
밥 먹으러
미역국에 흰밥 맛나다 해서

약속

50 넘어
天命을 알지 못하는 나를 부끄러워 했네

60 넘으니
耳順이 사기가 아닐까 의심하기 시작했네

70이 넘으니
드디어 그 양반 사기꾼임을 알았네
마음 가는 대로 했더니
불유구(不踰矩)는 무슨..
질퍽대기만 하네

핸드폰에다가 약속을 적었네

밥 잘먹고
잘 웃고
없는 듯이 있기.

오늘 아침 떠오른 지혜는
내일 아침 보면 그저 그런 생각일 것이니
발설하기 없기.

수작

굿모닝!

나이가 들어가면 옛 분들은 참을성도 늘고 절로 머리도 숙인다는데 ‥

저나 친구들을 보면 조급하고 심술 늘고 못된 머리도 쓰고 합니다.
갬성도 별로여서 걱정입니다.

그래서 스스로 애써 봅니다. 눈길도 걸어보고, 들판도 바라보고,
바다도 보러 가고 비라도 내리면 커피도 마셔 보고 ‥

마른 장작 같이 될까 봐 일부러 수작을 부립니다.
어제 해 본 수작입니다.

水鐘寺에서

그저 바라 보세나
말은 내려 놓으세

저 아래 두물곁이 눈으로 들어와
이내 마음으로 내려 앉네

가을날
山빛은 스스로 물들고
江빛은 山빛에 물드는데
자네 그 마음은 무엇에 물들어 가나

나는 두고 온 시간 속
그 바람에도 물들고
인연들에도 물들어 간다네
茶 한잔의 따스함에 물들어 간다네

南無 가을바람

29

천년 철불 앞에서

쉬어 가렴

바람 너도
꽃 너도
풍경소리 너도

그리고 山門에서
무얼 찾으려는 너도

나도 쉬련다.
쇠로 산 千年
껍데기만 남기고.

　　　　　도피안사에서

30

선교장 가던 날

나이를 먹네
배롱나무

저 지붕

내 어깨
내 등

내 산 모양새 모두 말하는
뒷모양 가리려고 배낭 멨네

등 뒤 나를 내려다보는
草幕이 웃네

떼찌 이 눔
그게 되냐

어느 아침

−청산은 나를 보고: 나옹선사 시, 심진스님 노래

10 여년 전 산길을 가다 어느 절 山寺음악회를 만났습니다.
그 때 어느 스님이 목청껏 부르던 노래입니다.

지금보다 젊었던 그 날 저녁 山寺 분위기와 그 스님의 노래가 큰 감
동이었습니다.
~도 부질없다 하시고, 靑山도 蒼空도 다 훨훨이라 하는데 어라 그렇
구나 그렇구나 하며 山을 내려왔습니다.

그런데 요즈음의 저는,
靑山은 나를 보고 어여 오르라 하고,
綠水는 나를 보고 물텀벙하라 합니다.
바람은 나를 보고 땀 닦으라 하고,
蒼空은 나를 보고 맘껏 보라 합니다.

보태서,
사랑도 부질있다 하고
미움도 버리지 말라 합니다.

雜것 다 된 아침에.

석모도 가던 날

바라보네
山
바다
하늘
들녘 가을

한참 걸어온 길만큼 살아온 내 길
내 마음바닥

움켜진 것
버릴 것
세어 보면,

배낭 무게는 될까
산길에서 닦아낸 땀의 간기만큼은 될까
바다 보며 마시는 커피 한잔의 따스함만큼은 될까

나무 시린 가을 마하살

佛影寺 가던 날에

물은 물마음으로 가고
山은 산마음으로 앉은 날

서둘러도 한가롭고
게을러도 한가롭다

부처님은 그림자 감추고
졸고 계시고
千年 탑은 행여 들킬까
배롱나무 벗삼아 꼿꼿하다

나그네 혹여 마음 풀어헤칠까
스님 衲衣 정갈한데
오똑한 솔깃에 절로 옷깃 여민 날

南無 배낭
南無 발길

임진강 곰소에서

내 발걸음이 세상의 시작이지
그걸 아는데 70년 걸렸네

칠만 년은 더 흘렀을 江은 흘러도
가을은 내려앉아도
아무 것도 없네
그냥 없네

봄날 푸르던 잎
붉던 꽃
없네

풀 위에 누워 하늘 맞고 한잠 자던 나도
낯선 얼굴로 와 나를 보네

억새와 갈대가 자꾸 헷갈리는 이 여기 와 보려무나
내가 손목 끌어 일러 주려 하니
흰 억새 얼룩 갈대
江가 벌을 덮고 있다

江가에 앉아
江물을 보다가
해를 보다가
무너진 다리 몇 개 남은 교각을 보다가
時間을 보다가

내 初가을을 그곳에 두고 온 날

임진강
눈보다 마음이 시린 江

곰소에서

두타산 가던 날

頭陀行을 하오리까
武陵谷에 가오리까

온다던 가을은 코끝도 뵈지 않고
성급한 내 마음만 저만치 앞서 간 날

山은 안 잡아도 폼이 나고
물은 비우지 않아도 무심한데
그게 물맘(水心)인지 無心인지 당최 알 수 없는 길
높을수록 깊은 길

龍湫瀑 금간 바위
謙齋와 사천은 영원하자 깜부하자 이름字 새겼지만
눈비비고 물뿌려도 알아보기 어렵구나

두 분 선생님
살아 보셨으니 아시겠구려
남는 게 뭐 있습니까
時間 넘어 뭐 좀 남습니까

에라 모르겠다.
오늘 여기 잘 살아 보자
眞하게는 못하겠고
착하게는 살아 볼까
예쁘게나 살아 볼까

밤바다 바라보며 폼도 잡고
살아 볼까

頭陀 가던 날

2021 해넘이

해뜨고
해지며
한 해를 사네

어제 해가 오늘 해였을까
물음도 없이 말야
그 날이 그 날이었을까
의심도 없이 말야

하루은 길고
한 해는 짧고
지나온 70 해는
더욱 짧아서
이상한 날

뭔 일이래
저 해는 뉘 집 잔치처럼
빨갛게 빨갛게 지고 지랄이야
저만 빨가면 되지 서녘을 몽땅 물들이고 지랄이야

또 하루 해가 지던 날

70 몇에 쓰는 연애편지

민들레는 납짝 엎드렸음

자운영도 크로바도

고들빼기는 멋모르고 훌쩍 올라왔음

버섯은 아마도 겨울잠

낙엽은 엊저녁 비바람에 길을 덮었음

단풍은 마지막 안깐힘 쓰고 있음
더 빨개짐

하지Lee는 No老 역시 안깐힘 중

하미x
모 해요?

경의선 철길에서

* 하지, 하미 손주가 부르던 할아버지 할머니

淸河邑城 가던 날

잠든 큰 소 같던 앞산에
해 내려 와서
나의 아침은 밭 갈러 나가는 소 마음이다

굿모닝!
하지Lee.

친절도 하셔라.
초겨울답지 않은 아침바람과
눈부신 햇빛 산등성이에
파삭 부서지니 좋구나
내 먼 곳의 아침

이런 때는 커피가 있어야 해
카페 여주인님이 일러 주었어

어느 날은 커피 한 잔으로 행복해지실 줄 알아야 해요
그 말씀 경전 삼아 커피를 마신다
기왕이면 멋도 있어야 해
봉다리 커피 말고
또르락 또르락 갈고
淨한 물, 아니 情한 물

데워 石澗水처럼 내려서 말야

이제 바랑 짊어지고
느린 소처럼 길을 나서야지

초겨울 햇살 속으로
오늘을 살러

淸河에서

내연산(內延山) 용추폭포 刻字를 보며

어허
저 발걸음 보게
영락없이 바람난 남정네일세

그 산 길 누굴 찾아가시오?
이런 가을
낙엽 속으로

나뭇잎은 누렇게 물들어 다행히 튀지는 않는구려

해는 몸 감추고
나무 뒤에 숨어 그림자로 왔구려

그래 찾아가는 이는 만나셨오?

그럼요
남들은 모르지요

달의 요정 달섬이
당신 발길 차마 드러내지 못하고 흔적으로만 남긴 양반 겸재

나중에 이야기 해 드리리다

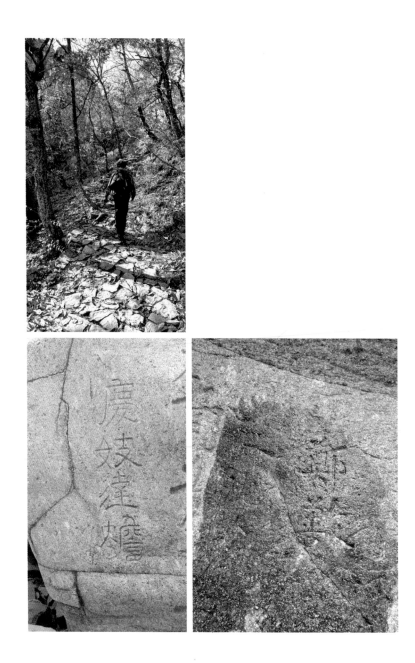

VIP 헤어컷

재각재각
머리칼 자르는 소리

코로나 후
달포나 지나야
한번씩 듣는 소리
귓가 간질간질
소소한 신경쓰임
떨어지는 소리

젊어서는 문안 어느 일류이발소에서 손꼽혔을 늙그막 이발사님은
한 치의 헛됨도 없이 머리를 깎는다

내게 허락되는 것은
좀 길게 좀 짧게뿐이다
스타일은 완전 이발사님 몫이다
내것이면서도 이발사님 몫인 나의 헤어스타일은
그 곳만 다녀나오면 깔끔이가 된다
VIP가 된다

재각재각 머리를 깎으며
지난 번 질문을 잊으셨는지 오늘도 묻는다
— 어디 출근하시나요?
— 아닙니다 놉니다
걱정 가득 말씨에 배려가 넘친다
— 건강하신 것 같은데··
찾으시면 나이 들어도 일자리 꽤 있습니다
— 40년 했더니 좀 놀고 싶어서요 좀 있다가 찾아 봐야지요

재각재각
아침 7시면 출근하는 이부터
머리 잘라 주는
늙그막 이발사가 열어주는 아침

곡운구곡에서

길이 그치는 곳
주막도 아니면서
문패없는 절길은 남아
길따라 가 본 곳

옛절은 없어지고
어설픈 요새절도 쇠락(衰落)해
내 맘도 쇠락해지던 곳

일주문을 대신해 선 石柱가
일러 주는데,
勿說他人過失(물설타인과실)
남의 허물을 말하지 말 것

이렇게 힘든 주문
눈에 담고 내려오는 기슭에는
浮圖(浮屠) 하나 서 있다
누가 이름도 잘 붙였지
뜬 세상 잊을까 봐 이렇게
浮 자(字)를 붙였으니 말야

기슭 비탈진 곳
碑木처럼 서서
時間 속에 서서
저승꽃 피었네

이름이라도 좀 남겨 두지
비 바람이 시간이 닦고 닦아
글씨의 흔적으로만 남은
이 이의 이름자 찾아보는

이 衆生의 손등으로 떨어지는
초겨울 햇빛 햇빛

서리 하얗게 내려

서리 하얗게 내려
내 가을도 가네

새벽별 보며 모기 쫓고
뜻 없을수록 더욱 재미있던 이야기에
밤지새던 날 두고
서리 내려 이 가을도 가네

사는 날들
별 의미야 있겠냐마는
발길마다 밥 한 숫깔마다
그래도 그냥 버리기는 아쉬운 기억 담아
하루를 사네
한 해를 사네

여보게 뭐 하시나
첫눈 오는 날 애들처럼
그 곳에서 만나자 약속 하나 만들어 볼까

첫사랑처럼
마음 화장하고
나폴나폴 뛰어나와 볼까

희끗거리는 저 서리처럼
귓모서리 내린 서리
저 서리라 여기고
첫눈 오는 날
애들처럼 애들처럼 말야

대장동을 지나며

부처님께 대든 날

어떤 선배가 정성스레 쓰신
經의 말씀을 올리셨네
色卽是空 空卽是色

첫눈이 내리네
참 많이도 내리네

엊그제
어느 친구와 소주 한 잔 하며 나눈 말 있었네
나이 먹으며 어찌 살면 행복할까?
우리 맘대로 답냈네
애들처럼 살기

덧붙여 안 하기도 답냈네
꼿꼿투사 안하기
神仙 되지 않기

첫눈 오시네
참 많이도 오시네

꼬깔 모자 쓰고 눈마중 나갔네
오호 해질녘 눈 세상 ~
空卽是調(하늘은 조화요)
色卽是和(색깔은 화합)

부처님께 대든 날

洗心寺 가던 날

씻을 것이 있었을까
찾을 것이 있었을까

空한 산길 지나 다시 간
洗心寺에,
누님 같던 스님은 년전
오신 자리로 가셨다 하고
상좌님이 절 지키시니
만나 뵙고 가라 하네

절마당 탑 자리 지키고
뒷산도 자리 지키네
부처님 시침떼시고
웃음기 보내시는데
삽살개는 반갑다고
달려 와 꼬리치네

공양간 冬至팥죽
인심 변함없고
누마루 메주는 바람결에 익어 가네
겨울볕 내려와 안으로 익어가네
따스함 밴 醬으로 공양 챙겨 주시던

누님 같던 스님은 지장님 곁 사진으로
참 낯설게 계시네

南無 초겨울 볕 초겨울 바람

洗心寺 가던 날

흰 달과 한 마디

해가 한 오름
너는 왜 아직 있니?
반달

아쉽지?
일흔 셋 나도
괜히 그렇구나
움켜진 손가락 사이로
빠져나가는 하루

그날이 그 날로 지낸 어느 날에

日常에 뭐가 있기는 있는 걸까

해 떠 잠깨면 해를 보고
해 안 떠 잠깨면 해를 기다리고

아침은 뭐,
계란 후라이에 토스트 두쪽 커피 한 잔
어떤 날은 미역국에 밥 한 술 넣고 김치냉장고 김치 몇 쪽
어머니의 김치, 묻어 놓은 김치만은 못하더라도 먹을 만은 하지

건강이 걱정되면 우유 한잔 플러스,
아님 생선 한 토막이면 럭셔리하지

나이 들며 심술만 늘어가는 친구는 피하고
情 늘어가는 친구들 방에 카톡으로 수다 좀 떨고··

배낭을 멜까
당구장에 갈까
밥만 먹을까
人類史에 고민을 잠시 하다가 나서는 외출길
하늘은 푸르고 낮달은 하얗다

이렇게 저렇게
오늘을 漫遊하고
ㅇ某는 어떻고 또 ㅇ某는 어떻다고 속 끓이는 우리 친구 아무개의 애
국심을
저 동해파다 파도소리 쯤 여기며 마시는 소주 한 잔의 짜르르함에
마음 한가롭다

냅 둬 이 친구야
비틀즈도 우리 젊은 날에 이미 노래했잖아
Let it be let it be let it be~~

자기 전에 잠시 뉴스라도 좀 볼까
아니 쟤네들은 왜 다 저래?
놀부놈
똥누는 애 주저 앉히기
다 된 죽에 재 뿌리기
호박에 말뚝 박기
애 밴 여자 배차기‥
이런 짓만 하고들 있네
에이~ 꿈자리 사나워질라
tv를 끈다

이럴 땐 전에 선배님 하시던 흉내를 내어 莊子를 꺼내야지
시작부터 제목이 쎄다

소요유(逍遙遊)
노닐 소
멀 요
놀 유
이어서 제물론(齊物論)
가지런할 제
물건 물
논할 론

잠시 노닐다가 역시나 아냐

피아비도 좀 보고
손흥민도 좀 보고
북극 곰도 좀 보고
드는 잠자리
앞 302동 지붕 위로 겨울 달은 높다

그날이 그 날로 지낸 2021년 어느 날에

玉女堂을 지나며

구주령 고갯길에
한 오백년 기다렸네

바람 서리 내린 날
눈 덮여 길 끊긴 날
별밤 별 세며
흰 달 바라보며

平海의 마른 생선
등짐 지고 넘던 선질꾼도
首比의 묵나물 바리바리 메고 가던 산꾼도

어느날은 그 남정네
그 門 살짝 열었을까

아씨는 수줍어서 문고리 잠갔을까
상기도 잠긴 그 門 꽃은 피었을까

* 경상도 오지 영양과 동해바다 울진을 잇는 산에는 큰 고
  갯길 구주령이 있습니다. 그 고갯길 옥녀당에는 아씨가
  수백년 누군가를 기다리고 있습니다.

春陽을 지나며

길에서 간 들어 볼까

바닷길에는 소금 간 배고
산길에는 솔바람으로 간 배어 볼까

비오는 날은 소나기로 간 들고
햇빛 내리는 날은 마른 간 배어 볼까

가을 날 감나무 끝에 달려 까치밥으로 익어 볼까

그러다가
심심하면

노숙자(路熟子) 한 놈 불러
한 스무 해 바랑 메어 보자 할까

牛耳嶺 넘은 날에

마음에 온 봄 찾으러
고갯길 나선 날

바람은 귓불 간지리고
햇볕은 길동무 등 뒤로 파삭 떨어졌습니다.

구불구불 고갯마루
城皇님은 아직 起寢 않으셨는데 바람은 길꾼의 마음을 흔들었습니다.

五峰 다섯 형제는 우리 발소리 궁금해 冬眠 걷어차고 일어나 고갯길
넘어오는 우리를 내려다 봅니다.

안녕 Big brother!
인사 건네고 石窟菴 오른 길,

반갑구나 그래 세상살이 힘은 들지 않았느냐?
삼춘처럼 물으시는
돌羅漢님의 따슨 눈길이 온돌방 따스함으로 몸을 녹입니다.

뭐 세상살이 그렇지요
그래도 살만합니다.
넙죽 엎드려 세배드리고 내려오는 길

저녁 鐘소리
마음에서 울립니다
南無 티끌세상에 잘 살아 보기.

마애삼존불 앞에서

저 微笑
마음 보일까 감추어 둘까
잠시 스치는 순간

알았다고 말할까
아니라고 말할까
가려둠의 뜻

말걸까
아냐 괜히 말걸다가‥
살짝 생각하는 겸연쩍은
망설임

千하고도 한 五百年
그저 기다림

바람도 눈비도
해도 달도 별도
어느 시간
어느 계절
제 마음대로 다녀가지만
그저 미소 지을 뿐

본 척도 안 본 척도 없이
그냥 웃음 보일 뿐

앞날도 또 앞날도
오늘처럼 있을 뿐

공연히 호들갑떠는 이들
바라 볼 뿐
의미 찾는 이 뭐하지 볼 뿐

있는 대로 있을 뿐
어느 날인가는
비바람에 눈서리에
아주 조금씩 닳아갈 뿐
바위로 남을 그 날까지 이 곳에 있을 뿐

당진 돌 미륵(彌勒)

기다렸노라
바다가 뭍되고
나를 기억하는 이 없는 오늘까지
한 五百年 저 바다를 보며 기다렸노라

처얼썩
내 귀는 파도소리 들으며
해와 달 별
눈 비 바람 햇빛에 짭조롬히 젖어가면서

날도 날도 많았단다
기쁜 일은 한 뼘
슬픈 일 힘든 일은 한 아름
그런 이들 두 손 모을 때
함께 울었단다

말도 마라
규슈 떠나 이끼섬 대마도 지나며 勢를 불려 가을마다 개떼처럼 밀려
오던 훈도시 그 놈들 참 흉악하기도 했었지

나라는 뭐하는 자들인지
그 때마다 힘들어 힘들어

저 앞 풍천에 좀나무 묻으며
나를 바라보던 그 사람들
아 돌로 살아온 나도 눈물나는구나

壬辰年에는 아예 대놓고 七年을 칼질했단다

되놈들은 또 어땠고
게다가 언제부턴가는
미국놈 불란서놈 로스께까지 덤벼들었지 뭐니

나라는 뭐 하는지
옆고을에 斥和碑ㄴ지 뭔지 세워놓고
코맹맹이 소리 해대는데

지난번 孔子님 孟子님 朱子님 뫼시고
옳다 그르다 해대던 그 때와 똑 같더구나
그 때면 배주리는 이들 내게 와 두 손 모았단다

그런데 너는 왜 왔느냐?
사람들은 나를 잊은지 참 오래 되었는데
이 光明天地에 나를 찾을 일이 있는게냐?

그렇더라도 딴데 가 보아라
나는 메어진 땅 너머 바다 바라보며
파도소리나 들어 볼란다
차마 잊을 수 없는 그 때 사람들 생각하며
내 시간 속으로 갈란다
너도 그리우면
내 등 뒤로 들판 너머 바다나 그려보아라
아마 뭔가 들릴거야

당진 미륵(彌勒)님 만난 날

강진만을 지나며

강진만 산허리에 샛바람 불어
봄보다 冬栢이 먼저 피었네

백련사 넘는 고갯길엔
댓바람 소리 사각이고
다산도 혜장도 초의도 밟고 간 길 위에
봄볕은 올해도 내려앉았습니다

변하지 않는 건 봄바람뿐
그 소리 귀기울여 듣고
동백은 萬德山 산록을
빨갛게 빨갛게 점 찍었습니다

나무에서 半生
떨어져 半生을 피는 꽃

떨어져야
비로소 꽃이 되는 꽃

冬栢꽃

　　　　-백련사 부도전에서

옛탑 앞에서

절은 몇개의 기왓장이 되고
터는 풀밭 되었네
이름은 잊혀져 알 수 없음 되었네

거기 천년도 훨씬 넘겨 탑 하나 서 있네
사람들은 국보라 이름 짓고
번호로 이름 붙였네
묻지도 않고 몇 호라 부르네
죄수가 되었네

그건 죄일지도 몰라
사라질 때 사라지지 못한거
잊힐 때 잊히지 못한거

탑은 오늘도 하늘에 얼굴 묻고 있다

나 그리운게 참 많단다

국보 187호 앞에 (영양 봉감모전석탑)

소주 먹던 날에

빛바래는 삶을 유튜브와 검색으로 메우며 오늘을 사네

나이가 智惠였음 얼마나 좋아
知識은 빛을 잃고 신념은 굳세지네

케이블 티비 패널 말씀이
성경말씀 다음은 되는 나이
내 생각 더 보태어 카톡방 메우다가 한 잔 하는 날은 애국의 날

쥔 아주머니 주의 말씀 듣고서 잠시 참지만 주장해야 할 게 왜 이리
많냐

철 모르는 봄비
찔따끔 내리고
이김최안정박과
천방지축마골피는
소주를 마신다
니들이 이 맛을 알어?

남도 봄길 나선 날에

여보게
길에서 나이 들어 가세

봄비 오는 날
옛절에는 梅雨 내리고
내 맘도 꽃비에 젖는다네

딱히 바랄게 모 있었던가
돌아보아도 떠오르는 건 없고
나무등걸 봄비에 젖듯이
나도 젖어가는 날

達磨님은 그도 외면하시고
먼 山 바라 보신다

칠십여년을 일주일 산 것처럼 맞은 당황스러움

길 위에 얹어
네 것도 내 것도 아닌 것처럼 해서
水墨畵는 너무 심심하니
淡彩 정도는 되게 해서
나이 들어 가세

南道길 황토길도 가고
浮屠길 덧없음도 念하면서
저잣길도 기웃거리고
옛 그 마담은 그 술에미는 여전하신가
안부도 챙겨가면서
두고 온 시간도 뒤적이면서

梅香에 호들갑 떨지 말고
저 達磨님 딴청하시듯
山 바라보면서
風磬 없는 처마
시끄럽지 않아 살 만하다 하시는 것처럼
나이 들어 가세
겨울도 봄도 여름도
季節이 맨처음 내려 앉는 길
나서 보세

그 위에서 그대로 나이 들어 보세

먼 곳 봄밤에

남도의 봄밤에
봄비는 내리고

술잔에는
살아 온 날이 내립니다

失名氏
이 봄은 잘 나고 계십니까
봄病으로 잠 설치시지는 않으셨습니까

옛 노인들 말씀에
나이 들면서 철을 모른다는데
철 따라 철이 드니 뭔 일인가 모르겠습니다
철이 없어 그런 게지요

소주가 답니다
..

방태은운춘우시 (芳台隱雲春雨時)
봄비 오는 날 방태산은 구름에 숨고

설레이는 봄비에 산새는 이른 새벽 외출하고
돌배나무 하얀꽃은 孟峴峰 바라보며 놀자 합니다

비탈 묵밭 엊그제 심은 하지감자
아직 내색은 않지만 환히 웃고 있을 것입니다
앞골짜기 골짝물이 퀄퀄 흘러 산식구들 들뜬 맘을 전합니다

그 와중에도 芳台山은 구름에 잠겨 있습니다
와글와글 세상일에 참여하고 싶지 않은가 봅니다

나의 아침은 방태산 바라보며 산멍으로 시작합니다
봄은 자유입니다

어느 봄날 임영(臨瀛)의 오후에

월화역 대합실앞 돌층계에 앉아
무명가수의 노래를 듣습니다
너무 진해 내 마음도 진해지는 강릉의 오후

옹심이로 몸을 채우고
덩달아 마음도 채우고 간
임영관(臨瀛館) 옛담에는
매화잎 떨어져
벌써 봄이 가려합니다

그것이 아쉬운지 난설헌댁 담장 안으로는
紅梅가 꽃을 피우려고 안깐힘을 씁니다
꽃은 피워 무얼 하려고?

가슴 시린 초희(楚姬)아씨와
부귀영화(富貴榮華) 사임당을 생각하며
아씨댁 툇마루에 앉아 봄 오후를 보냅니다
하 수상(殊常)쿠나··

내 좋아하는 절터에 가서
보살님이나 뵈어야겠다
롱 타임 노 씨 보살님!

반가움에 볼 좀 비볐더니
cctv란 놈이 언제 훔쳐 보았는지
붉은 불 번쩍번쩍 굉음을 울리며
소리소리 질러댑니다

어이 이런 옘병할
니들이 내 맘을 알어?

* 강릉대도호부 客舍는 바닷가 고을이라서
임영관(臨瀛館)이라고 이름을 지었습니다
한 번 다녀온 옛나그네들은 강릉을 멋드러지게 불러 臨瀛이라 했습
니다 (瀛—바다 영)

평가가 덜한 난설헌을 생각한 날에
과한 사임당을 생각했습니다

방태산 능선에서

얼음장 밑으로 봄물 소식 들린다고
방태산(芳台山) 山神할매 기별이 왔습디다.

시치미 떼려다가 덜렁 마음 일어 배낭을 멥니다.
골짜기 얼음장 밑으로 봄소식이 수근댑니다.
殘雪은 힘을 다해 무너집니다.
거제수 나무도 눈을 틔우고
괭이눈도 눈을 비빕니다.
두런두런 수근수근 온 산이 술렁댑니다.

山神할매 뭔 짓을 하신거야?
그 할매 내게도 추파를 던집니다.
봄바람 불었나 그 추파 싫지 않아 山할매품에 어프러집니다.

山竹흔들며 능선 넘어오던 봄바람이 깔깔댑니다.
햇빛은 찬란합니다.
할렐루야.

밴댕이

밴댕이

기록에는 盤當이라 했는데
그 놈 참 별 볼 일 없게도 생겼다.
크기도 그렇고 눈 입도 시원한 구석이라고는 찾을 수 없다.
납짝한 놈이 속이랄 것도 없으니 배도 안 가르고 구워준다. 오죽했으
면 옛어른들 밴댕이 속알지라 하셨겠나.

그런데 그 놈 때깔은 좋아 은빛으로
깔끔하다.
구워만 먹다가 야채 가지가지 넣어 무
침으로 먹으니 먹을 만해졌다.

성질이 밴댕이 속알찌라서 참을성이
없어 뱃전에만 올라오면 죽는다 한다.
그러니 생물 보관이 어려워 젓갈로 담
그고 말려야 보관이 가능했었다.
말린 놈은 뒤포리인데 국물맛을 낼
때는 한몫한다.

언제부턴가는 회로 먹는데
참 희한하게도 살살 녹는다.

江華 場에 갔더니 新商이 풀렸는데 생물이란다. 이 놈이 어쩜 이렇게
소주와 잘 어울리냐?

봄 벚꽃 속 밴댕이
화양연화(花樣年華)로다 ～
여보게 낼모레 길나서 보세
참한 주모도 하나 봐 두었다네

　　　　　-꽃바람 속 밴댕이 먹던 날

대구어 (大口魚)

오늘은 화정 뒷골목 대구탕을 먹으며
'그 놈 참 시원도 하구나. 어쩌면 대가리부터
꼬리까지 버릴 것이 없냐‥'
살도 시원하고
입과 아가미 대가리는 감칠맛도 좋습니다.

옛책에 보면
어느 바닷가 특산물이 大口魚입니다.
입이 커서 대구어인 모양인데
요새는 그냥 大口라 부릅니다.

환갑이 넘으면 남자들은 大口가 됩니다.
경험 많고 지혜 넘치니 도저히 가만 있을 수가 없습니다.

경험과 지혜를 쏟아내야지요.
막걸리 한 잔에, 카톡방에, 만나는 어딘가에서
大口가 되어 갑니다.

뒷날 지리책에 우리 시대 특산물을 꼽는다면
大口일 것입니다. 탕도 못끓일 大口.

百을 넘겨 사신 어머니는 마음 표현을,

손을 잡으셨습니다.
손주가 예쁘면 볼을 쓰다듬어 주셨습니다.
때로는 허리춤 비밀주머니도 여셨습니다.
골목길 돌맹이나 사금파리는 치우고 다니셨습니다.

말씀은 가지고 가셨습니다.

　　　　　　　　　-大口 먹은 날에

木蓮꽃

참
어째 이름부터 가슴 시리게 하냐
목련(木蓮)꽃

아직 찬 바람에 몽우리 맺을 때는
꼭 앞 집 그 계집애 봉긋한 가슴 생각나게 해
열 넷 내 가슴 두근거리게 하더니 말야

너댓새 꽃밖에 없는 모습으로
온 세상 흔들어 놓더니
어떻게 한 나절 바람에 그렇게
허망하게 지냐 정말

좀 참지
간밤 빗소리 들리더니
허망쿠나   슬픈 건 떨어진 꽃잎이야
꽃잎 길을 덮었네   떨어져도 꽃이 되는 冬栢도 있건만
                           너는 어찌 잔해로만 남기냐

                           꽃일 때만 꽃으로 사는 꽃

                           木蓮꽃

방태산의 아침

방태산에 날이 밝으면

햇빛은 등성이로 넘어와 지붕을 내려다 보고

늦은 산봄에 桃花는 이제야 도화살(桃花煞)을 자랑한다.

돌배나무 하얀꽃 도화보다 더 방창(方暢)해 한몫하던 꽃들도 잠시 숨을 죽인다.

민들레는 몽우리만 맺히고 울타리 옆 연산홍은 몽우리도 어설프다.

골짜기 계곡은 맹현봉 산눈 녹아 물소리 청아한데 앞집 개는 밥 달라고 벌써 넘어오고

한 잔 속 이야기로 새벽을 맞은 내 동무들은
잠 속에 빠져
時間은 아예 소용없는 천덕꾸러기가 되고

아침 가득한 층층나무 아래 빈 의자는
주인을 기다리고 있다.

東海 바다 길

소주 먹는 길
회 한 접시 먹는 길

사람 마음 만나는 길

부처님 버리는 길

길도 잊는 길

해인사 간 날

제 나이 다 살고 죽은 고목을 보며
새삼 '늙어 죽는다' 란 말이
좋아지는 날

내 친구 아무개는 지난해 콩팥을 잃고
이번에는 전립선을 도려내는 날

해인사길 오르며
떨어지는 꽃잎도 보고
부도전(浮屠田) 들려 시간 시간 돌로 남은
그 양반들 모습도 만나는데
성철스님 부도 앞 봄 햇빛 아래
풀 뽑는 샛파란 비구니는
무엇 버릴 것이 있는 것일까

꽃들은 터울도 없이 피더니
한 몫에 이렇게 다 지면
아니 날더러 어쩌라는 거야

절길 오르는 길 더 모를 말씀
봄 햇빛 속에 아련하다

歷千劫而不古(역천겁이불고)
亘萬歲而長今(긍만세이장금)
천겁을 지나도 옛것이 아니고
만세를 뻗어도 늘 지금이다

대적광전 빛과 色으로 반짝이는
연등 곁으로
명부전 無色 등이
줄서 매달린 저 넘어 하늘은 푸른데
등달고 무심하게 서 있는 천년 석탑 곁으로
저 스님은 무엇을 찾으러 가는 것일까

장경각(藏經閣) 층계에 앉아
나의 심심한 오전은 햇빛 맞고 있다

앞산은 수줍게 푸르르고 있는 중

다래순 무친 날

그런 나물은
소금만 솔솔 뿌려도 돼

그래도 간사한 입에 맞춰야지
파 마늘에 조선 간장 자작자작 넣고
엊그제 짜 온 들기름 몇 방울 뿌려
양념 만들기. 참기름도 오케이

기왕이면 매실청이나
오미자청도 좀 넣어 볼까
아냐 맛 버려

가야산 동쪽 마을
별고장 星州
법수사터 골짜기에
아마도 百年은 뻗어나간 넝쿨에서
수줍게 눈튼 다래순.
아주머니는 손 부끄러워 어찌 따셨을까

엄마의 손놀림으로
조물조물 간배게 무친다

봄맛을 아시나요?

아이스케키

엣따~
할애비 팽개치고
이 선생 팽개치고
먹는 아이스케키

편의점 앞 탁자에서
동네방네 얼굴 팔고
쪽 팔고
먹는 아이스케키

맛있다
달콤하다 선하다
홀가분함 맛있다

석대암 가는 길

보개산(寶蓋山) 까마득한 품에
지장보살 숨으셨다 하길래
新綠에 젖으며 길을 나섰습니다.

옛 심원사 부도전(深源寺 浮屠田)
부도는 기울고 총맞아 시간에 고스란히 젖어 있는데, 엊그제 모셔온
佛像이 남의 터에 들어와 집안을 망치고 있었습니다. (오호 이 스O들을
어찌 할고?)

심원사는 복원되고 있지만 한 세기 전 사진 속 모습은 아득하고 塔
은 간 곳 알지 못해 길꾼을 애닯게 합니다.

그래도 옛산 뒤로 펼쳐진 하늘은 끝없이 파랗고, 구름도 애교스럽게
자리 잡았습니다.

석대암(石臺菴) 오르는 길
반들반들 닦아 낯선데
그래도 自然과 時間이 그 길 위를 덮어 길은 시간에 물들어 가고 있
었습니다.

놀며 오르며 찾은 石臺菴 자리에는 크게 크게 가건물을 세우고 금빛
지장님 앉혀 불사를 도모하고 있습니다.

오랫만에 온 길꾼 반가우신지 스님은 목탁 두드리며 염불해 주십니다.

福 주세요 지장(地藏)님 ( )
염불소리 맞춰 삼배 드리고
쌈지 시주ㅅ돈도 놓고 나옵니다.

地藏영험(靈驗)碑는 글씨도 읽을 수 없게 마멸되어 언덕에 바람 맞고
있습니다.
글씨도 안 보이니 이제는 영험도 끝난 것일까요.

무수히 흩어진 옛기와를 내려다 보며 나무는 새잎을 틔우고 하늘은
참 푸릅니다.

없어진 것은 없어진 대로
불어오는 바람은 불어오는 대로
봄볕은 봄볕 대로
하늘이 푸르면 푸른 대로
길꾼은 발길 가는 대로 ‥

南無 地藏님 ( )

어버이 날에

구십 둘 아버지 떠나 보내고
백 한 살 엄마도 떠나 보낸 날
태어나 처음 고아 되었네

이제 어떻게 하지?

살다가 물어봐야 할 일도 많을텐데‥

그렇게 어버이가 되었네
카네이션 그린 하얀 봉투 받으며
엄마를 생각했네
애들에게 쓸 일도 많을텐데
나는 걱정 말어 아범

나는 애들에게 뭐라 할까
답 모르겠네

손 부끄러워 받지 못하고,
거기 둬.
딸들 많으니 좋구나 허허.

허허

동네 한바퀴

들비둘기가 꾸꾸우 꾸꾸꾸~
이렇게 계속 부르는 길을 걸어갑니다.

젊어서는 유식한 이들에게 속아서
쟤는 왜 살까? 이런 생각도 해 본 날이 있었습니다.
오늘은 쟤가 성공하기를 ‥
기원해 주며 산책길을 갑니다.

신록은 아직은 연두빛이고 햇빛은 바람과 섞여 파삭 부서집니다.
오래 살고 싶다는 욕심이 생깁니다.
내려 놓으라는 그 말씀이 시시하게 들립니다.
오월은 미쳤나 봅니다.

동네 한 바퀴 ~

나의 泰平盛代

이른 잠 깨어 게으름을 피운다.

햇살은 窓문으로 들어와
발가락을 간지리고
창너머 하늘은 높다.

이불 속 게으름이
햇빛 쏟아지는 풀밭 누워
하늘 보는 것 만큼
편한 아침

게으름만으로
맞는 태평성대(泰平盛代)

테레비 너
잠시 입 좀 닥쳐.
아이고 이름만 들어도 지치게 하는 코로나 너 좀 꺼져.
ㅇ씨 ㅇ씨 한 백 년 모아야 할 나랏돈 5년에 다 쓰겠다고 설치는 음
흉한 얼굴, 간지런 얼굴 좀 치워.

까똑!
또 퍼나르는 소리

나이들어가는 친구들아
외롭거든 바늘로 허벅지라도 찌르려무나.
새벽부터 부스럭대지 말고.

그래도
나의 아침 햇빛은
겨울 창문 넘어 찾아와
내 발 간지리고

적당히 목마르고
적당히 찾아오는
공복감에
나의 泰平盛代는 눈뜬다.

가는 소 해 납월(臘月) 아침에.

空도 色도 분간 안되는 날에

空이면 어떻고
色이면 어떠니

단풍 가득 내려 왔네
참 이상도 해라
사나흘 전 푸르던 길이
어쩌면 갑자기 그래 놀래키게
나 모르게 봄부터 안으로 안으로 준비한 거지?

X도 그래
열여덟에 이 속에 숨긴 것 나만 몰랐지
어느 날 피고 나서 퍼득 놀랐지

세상에 功 안 든 게 어디 있어
저 단풍 봐
功들여 만든 이쁜 色

功卽是色(공즉시색)

東海가 푸른 날에

명상(瞑想)의 아침에
멍想을 하네

달마님은
즉심시불(即心是佛)
마음이 부처니라 가르침 주시는데

福주세요 부처님
안 아프게 해 주세요 부처님
딴청부리고 ‥

佛멍도 겨워
물멍하네
바다 바라보며 큰 물멍하네

龍王님 흰 이 드러내고 웃으시네
이 눔 또 딴짓만 하다 왔구나.
쓸데 없이 뭐 달라 말고 눈이나 씻고 가거라.
씻어야 할 마음 있거든 처얼썩 귀나 씻고 가거라.

-東海가 푸른 날에

116

꼭 해라

사는 일만큼 큰 일이 어디 있더냐?
나는 오늘도 산다.

아범,
먹구 싶은 거 먹고
입고 싶은 거 입어

白年을 사신 어머니 말씀에 농으로 답했었다.
그런 엄마는 왜 안 그러셨우?

그 양반은 백 한 살 설날 잘 잡숫고
며칠 뒤 당신 발로 걸어 들어간 병원을
한 나절만에 菊花꽃 가득 덮고 나오셨다.

그 때 문득 알게 된 일
뼈있는 말씀이셨구나 ..

가진 것은 有限함뿐

가진 것은 유한(有限)함뿐

어떤이는 그거도 부질없다 하셨건만
나의 하루는 그것 갖고 놀기.

옛길도
옛탑도
옛돌도
그 시간에 놓아 두고
江은 흐르는데

생선 장수도
소금장수도
방물장수도
그 많던 뗏목꾼도
다 어디 보내고

무엇 하세요? 부처님
빈 강에 서서 누굴 기다리세요?

허허 이 눔아
기다린 적 없다.

여기 서서 천년 江 보며 논다.
비는 衆生 있으면 귀 기울여 주었고
한 가락 뽑는 중생 있으면 흥겹게 놀았단다.

그래 너는 왜 왔냐?
저요? 부처님 뭐 하시나 보러 왔습지요.

마침 잘 됐다.
심심하던 차에 한 나절 같이 놀자.

그렇게 논 날에

....
千年인지 萬年인지
南漢江 강물 마냥 흐르는 곳
산 너머 절벽에 숨은 곳
물길 아니면 만날 수 없는 곳에 서서 江 보며 서 계신
부처님과 논 날.
강길에는 이제 아무도 안 다닙니다. 심심해 하실까 해서
잠시 놀아 드렸습니다.
그 분은 아마 당신이 저 데리고 놀아 주었다 하시겠지요. 암튼 ~

새젓국

아버지의 음식으로 밥을 먹습니다.

이맘 때 호박이 열리면
엄마는 밥 지으실 때 얹어
조금은 눙지게 찌으시고
심심하게 초간장 만드셨네

새젓장수 아주머니
육젓 간들어 간다고 들리셨네

새젓국 슴슴하게 풀고
긴 파 숭숭 썰고
굴래방다리에서 사오신 두부
반듯하게 썰어 새젓국 끓이시네

계란이라도 풀라치면
음식맛만 잘 아시는 우리 아버지
잡내난다 질색하시네

어머니는 네 아버지는 졸만 찾는다.. 하시고
나는 뭔 맛인지도 모르고 새젓국 먹었네

교동 가는 길
새젓 나왔다길래
호박 찌고
졸도 못찾고 새젓국 끓이네

문득 들여다 본 거울에
아버지 나를 보시네

유언..

아범 밥 먹고 와.
상미야 고맙다.

그것도 유언인지
마지막 말씀으로 남기고 간 이.

당신 발로 걸어 들어가
한 나절만에
칠성판에 누워 꽃 덮고 나온 이.

100 년 살아온 날
글로 써도 한 10년은 넘어 써야 할
긴긴 날을 그렇게 맺은 이.

南無 티끌세상

말씀

이제 우린
무엇을 할까?

한 잔 기울여도
곰곰 생각해도
떠오름이 없는 저녁

흰 달이 알까 올려 보았네
저나 나나 찬 바람에
으시시하기는 일반이었네

어머니는 말씀하였었네
아범
나이가 아리켜 주는 게 있어
그 말씀 믿으며 한 살을 먹네

조건

홀아비로 살다 보니
사람 하나 보라 한다.

교양 있다 하고
인물 된다 하고
쩐도 좀 있다 한다.
걸작인 것이 아직 처녀란다.

허허허
이 미친 놈

된장 잘 끓이고
잘 웃는 할매 어디 없디?

사랑

사랑은 참 치사하다
퉤퉤퉤!
침 뱉고 돌아서도
가슴 시리다

퉤퉤퉤!
사랑...

연애편지

산이 내 곁으로 옵니다
단풍 데리고요
하늘도 데리고요

둥근 산 등성이로 바람이 넘어 옵니다
가을도 슬쩍 따라 옵니다

여름은 잘 나셨나요
당신.

보고 싶습니다

가을에

저 하늘에 몸 담그고
저 강물에 마음 적시고 싶은 가을입니다.

당신
잘 계시는지요?

바람만 살랑 불어도
내 맘 바람나고

나뭇잎 물들기 시작하면
내 눈이 물드는 참 턱없는 계절입니다.

당신
무탈하셨는지요?

쓸쓸해진다고는 하지만
그냥 쓸쓸해지지는 않고
무언가 남는 것 같은 가을입니다.

저 곳에 넣어 두었던
당신이 궁금해지네요

궁금해지네요

비 와요

우산에 비가 내리네요

머리에도 내리고
그리움에도 내리고
마음에도 내리네요

초가을 비
또로록 또로록

봄

창 앞에 꽃이 피었다고 문자가 왔습니다

그 꽃이 눈부셔
어찌 해야할지 모르겠다고 문자가 왔습니다

그 꽃이 진다고 문자가 왔습니다

그 친구
저만치 할미꽃으로 웃고 있습니다

어느 날

길친구 좋아서
길이 가깝고

산친구 좋아서
산이 낮던 날

청담(淸談)은 물처럼
맛도 깊은데

덩달아 술맛은
맛을 넘은 날

오월에서 살기

언젠가는 너와 나
저기 흰 燈으로 매달리겠지만

이 오월에는
붉은 燈 푸른 燈으로 살기
공연히 未來를 보며 먼저 살지 않기
여기 오월에서 살기

목탁소리 깨친 소리는 다 저 분들의 것
우리 것은 속삭이는 솔바람소리
그 사이사이 내려앉는 햇빛 햇빛이야
새소리야
돌돌돌 공깃돌 굴리며 흘러가는 물소리야

-초파일 날에

오월 아침 해

부지런도 하구나
오월 아침 해

여섯 시를 못 참고
앞 동 지붕을 넘어,
내 거실에 입성해서
나를 그렇게 바라 보는 거니

일요일이잖아
좀 봐 줄 만도 한데
안 된다고?
아깝지 않냐고?

오월은
해 너도 바람났구나
어쩜~

　　　　　-오월 어른이가 오월 아침해에 잠깬 날에

이팝나무 꽃그늘 아래서

이팝나무 꽃그늘 아래서
고향에 농군으로 돌아간 내 친구 ○○를 생각합니다.

돈벌이 끝난 육십 여살 서방놈 고향집 홀어머니 모셔오자 똥고집 부리니,
너나 모셔라 대쎈 마누라 일갈하고 ○○는 누레오찌바 신세되어 이십여 살에 떠나온 어머니 곁으로 돌아갔습니다.

넥타이로 산 사오십년 경력이 거추장스러운 내 친구○○는 덥수룩 수염에 눈빛이 炯炯해지더니 그런거 다 버리고 애숭이 농군으로 돌아간지 몇 년,
채소농사 두어 해 망치고는 쌀농사로 갔는데
땀만큼 나온다 하더이다.

어제 소식 물었더니
오늘 모내기 한다 합니다.
모내기 끝나면 반농사 한 거여.
어허 그 답이 너무 든든해 저절로 배가 부릅니다.

아침 눈떠 까톡을 보냅니다.
우크라이나 보니
농자국가지대본(農者國家之大本)이더라~
홧팅!

이팝나무 하얀 꽃
그늘 아래서 그 꽃처럼
웃고 있을 ○○의 아침을 생각합니다.

오월은 참 가지가지입니다.

영월 길에

태어나기를 庶民으로 태어난 나와 ○兄은 어느날 길 친구가 되었습니다.

배낭을 바랑처럼 메고
산길도 들길도 물길도 쏘다니다 보니 소주 친구가 되었습니다.
그러다 안주가 텁텁하면
막걸리인들 마다할 리가 있겠습니까?

그렇다고 술을 잘 마시지는 못합니다.
소주라야 한 병 플러스 두어 잔을 둘이 나누어 먹는 수준이고,
막걸리는 한 병이면 족합니다.

낯선 동네 낯선 집에서
더우기 그 동네 족보라도 좀 있는 안주라도 만나면 우리는 환장을 합
니다.

영월 시장
시어머니에게 내리물림으로 한다는 먹거리,
내외가 지져 주는 메밀지지미에 수수부꾸미 東江물로 빚었다는 텁텁
한 막걸리

부른 배를 두드리며 그래도 먹는 올챙이 국수 한 사발

니들이 人生을 알어?

오월 늦바람은 정말 미친 놈인가 봅니다.

청령포에서

슬픔이라 말하리
분노(憤怒)라 말하리

청령포 징(澄)한 물
600년을 감아돌아
사람 맘 다 씻기고
맑음만 남았네

소나무로 남았네
햇빛으로 남았네
바람으로 날아갔네

西江 淨한 줄기
그래도 情 못 떼고
가슴 다 벌려 끌어안고 흘러갔네
時間 속을 흘러갔네

그냥 그냥 ,
맑음으로 흘러 가네

好好樂樂(호호낙락)

老來樂去(노래락거)

어떤 후배가 무슨 뜻이냐고 묻는다.
늙으니 낙이 없네 정도라 답을 보냈다.

참 나쁜 글이다.
아래 글로 다시 답한다.
長樂堂(장락당)

나이 들면 드는 대로 늘 낙이 있다.

소주 한 잔에도,
당구 한 큐에도
멘 배낭에도
친구의 철없는 수다에도 ‥

好好樂樂
樂 찾아 봐라〜〜

커피를 마시는 일

내게
커피를 마시는 일은
음료를 마시는 일이 아니다.

아침엔 햇빛도 마시고
저녁에는 스산함도 마신다.

기분 좋은 날에는
CU도 마시고
빽다방도 마시고
이디야도 마신다.

그러다 쭈그렁한 날에는
무슨 까페는 기본이고
저기 강릉 바닷가라도 갈량이면
안목 바다를 보며 눈시리게
바다를 섞어 마시고
레이디들이 다닌다는 그 집도 가 본다.

그런데
이런 고백 해도 되나

나는 ‥
커피 맛을 좆도 모른다.

* ㅎㅎ

쌍소리가 좀 걸림
그래도 개모른다 란 말이 없으니.

까똑

친구들이 나이드니 참 잘 늙고 싶은가 보다

하지 말아야 할 일 xx가지
건강에 좋은 습관 xx가지
먹어야 할 음식 리스트
해가 되는 먹거리 궁합
경제력 키우는 법
매력있는 노년 되는 법

늙어도 늙은게 아니다
더 나가서 노년의 섹스
일 주일에 한 번은 하라고 강요도 받는다

까똑 또 왔다.
戒老錄(계로록)
말씀마다 진리로 가득하다
이런 된장
뭘 또 경계해야 할 일이 이리도 많지?

그냥 좀 살자
배고플 때 먹고
마려울 때 누고

화날 때 화 조금 내고
슬픈 영화 보면 찔끔거리고
예쁜 여배우 나오면 극장도 가고
담배는 뚝 그래도 소주 한 잔에 낭만도 담고

어디 없니? 遊老錄(유로록)
그런 것 좀 보내 줘

토함산 장항사지

塔이라고 다 같은 塔이 아니었네

吐含山 기슭에서 달 품고 별 따했네
千年을 그 날 같이 기다리고 기다렸네

佛國土는 정말 오는 걸까
그렇게 自問하며 별과 달을 세었네

토함산 능선 넘던 바람은 천년을 넘어와도 기별은 오지 않고
사람들은 ,바람의 언덕,이라 이름짓고 풍차만 세웠네

햇빛 쏟아졌네
구름 내려앉고 비는 내렸네
함께 서 있던 동무탑은 무너져 石材가 되었네

그래도 이름도 묻힌 절터에 남아 塔은 기다리네
아마도 이제 佛國土는 아닐꺼야

별과 달일꺼야
陵線 넘어오는 바람일꺼야
때를 잊지 않는 봄여름가을겨울일꺼야

그리고

그 탑에 기대 보는 우리일꺼야

괜찮다

괜찮다
그렇게 하지 않아도 괜찮다

인생이 걸린 줄 알았는데
소주 한 잔만도 못한 哲學이었음을 안 날도 있고

비료 치고 약친 거 먹으면 안된다고 그렇게 간곡했던 그가 무슨무슨
암 선고받고 의사선생님 前에 공손해지던 날

有別남으로 有別날 수 없는 이 땅의 衆生됨이 참 신선했단다

괜찮다
그렇게 해도 괜찮다

봄여름가을겨울
햇빛 만지고
바람에 머리도 감아 보고
비도 눈도 맞아 보면서

호들갑 떨 일 뭐 있겠니
내일 아침 눈 뜨는 거보다 더 큰 일이 어디 있겠니

능선길 가네

몸이 가벼우면
삶도 가볍지

배낭 하나 덜렁 메고
산 길 나서면

우리 친구 술 취한 날 하던 말
'人生 뭐 있어?'
이런 말도 주정으로 안 들리네

삶이야 뭔가 있긴 있겠지만
너무 많이 담으면
발걸음 지축거려

배낭 하나 메고
능선길 가네

法水寺址(법수사지)에서

하늘이 파라면 파란 하늘 만나고
구름이 높으면 높은 구름 만나고
바람 불어 오면 바람 만나고
별이 반짝이면 나도 반짝이고
니가 찾아오면 같이 웃고
時間이 지나가면 시간 따라 나이들고

나 여기 서 있을께
여기가 좋아
다 가도 여기 있을께
난 여기가 참 좋아

法水寺址 가던 날

질문

벗꽃이 지면 벗지가 열리고
매화가 떨어지면 매실이 열립니다.

동백꽃 떨어지던 날 진 당신은
冬栢으로 열렸나요?

別於谷(별어곡)

가슴 시리니?
이별은 언제나 그런 거겠지

철길은 이어져도
이제 汽笛은 멎고
헤어짐도 만남도 멈춘 시골역에 正午의 햇빛이 텅 비었구나

길 나서도 돌아와도
그리운 이 그 자리에 없으면 언제나 빈 자리겠지

기다림도 아쉬움도 모두 떠난 이 곳에 기억으로 남은 시간표가 기차
를 기다리는구나

사람도 떠나고
기억도 떠나고
이별도 만남도 떠나간 곳

이젠 가슴 시린
이름도 내려 놓으려무나
기억도 버리면 좋겠구나

別於谷

旌善에 가면 別於谷이라는 낯선 이름의 驛이 있습니다.
이제는 문을 닫았습니다.

아우라지 가는 길에 이 곳에 들리는데 그 이름이 참 오래 남습니다.

이 산골짝 동네에 무슨 가슴 아픈 이별이 있었기에 別於谷. 오늘도 빈 그네가 누
군가를 기다리고 있었습니다.

道詩樂

싱거운 시

싱거운 시

뒷깐에 똥 떨어지는 소리

목탁 소리
풍경 소리
깨친 소리

허허허 일 없다
선암사 뒷깐 똥 떨어지는 소리

157

내려 놓으라 하시네
다 空이라 하시네

40년 넘게
잠 깨면 눈 비비고 나가고
월급 타오고
애들 학교 보내고
양친 살피고
위성도시에 아파트 한 칸 마련한 金씨 아저씨에게
空과 色이 그게 그거라 하시네

허허

메리 크리스마스
해피 뉴이어
메리도 해피도
꼬리를 흔드네
또 그렇게 가네

하루가 가네
한 해가 가네..

묻는 이가 있었네
왜 살어?

행복해지려고요
대답하는 이 있네

아예 행복하게 살면 안될까?
어떤 이가 말하네

묻지도 답하지도 않는 이 있네
그냥 사네

04

무덤길 지나며 물었다
극락은 좋던가요?

돌아오는 바람결이
귓가를 스치네

에이 이 늙아
살 때나 잘 살어

05

너나 잘 하세요
이영애씨가 말했다

나도 그렇게 말하고 싶은데
그렇게 말했다간 뺨 맞을 것 같다

에라
나나 잘 하세요

그만해,
자꾸 하면 화나
나이 들었는지 참기 힘들어.

그냥 철없이 놀다가 가.
많이 웃어.
핏대 올리지 말고.

세상 일이 다 내 일 같지?
답이 뻔히 보이지?
우리 때 다 해 본 일이니까

그런데 말이야 애들 말이,

라떼네 ..

07
___

철없이 살거나
철있게 살거나
그게 그거인 것 아는데

칠십년도 더 걸렸네

08
___

꽃이 피고 지는 일
해가 뜨고 지는 일
어느새 그런 것들이 내 일이 된
일흔 나이

눈이 참 많이 내린다
그것도 남의 일이 아닌 아침

앞 302동 지붕에
까치 한 마리가 내려 앉는다
너는 혼자 거기 왜 왔니?
공연히 묻고 말 시키는
일흔 나이

李 선생이
글 줄 좀 읽었다고

칠팔십 살았다고

좋은 생각 많이 했다고

앉은 자리도 좀 괜찮았다고

이리이리 살라고 하네
세상을 가르치네

허허허..

도전 앞으로

누구에게 가르칠 것이 있으면 내 그렇게 해 보기.
세상 큰 이 말씀보다 생활의 달인이 마음에 오는 날

배운 것, 생각한 것, 읽은 것, 들은 것 있으면
입 속에 숨겨두기

내 그렇게 살아 보기

11

기왕 눈이 될 바에는
저기 큰 산 머리에 내려앉아
만년설로 남았으면.

기왕 남자로 태어나 한가닥할 바에는
저 큰 나라 미국에 태어나
트럼프처럼 큰소리 헛소리도 좀 치고
살아 봤으면

그러나
낮은 곳 낮은 곳으로 임해 살 바에는,

속삭이듯 속삭이듯
당신 서방 되어 살아 봤으면.

내 코가 석 자인 날은
코가 땅에 닿는다

등 따시고 배부른 날은
몸이 제껴진다

들풀 바람 타듯이
나의 날은
바람에 얹혀 산다.

본래 내가 있었던가...

딸들에게

그래도 웃는 것이
제일 행복해지더라

14

미쿡식 발음이 멋지게 보여
길 떠나는 미세스 o에게 인사를 건넸다.

해버 나이스 튜맆 ~

그런데
꽃은 어디에 숨기셨느냐?
묻는다.
옹?
너무 본토발음이었나?

늙어가는 친구를 보다가
나를 보지 못하고
70이 된다.

별 아는 것도 없고
별 지혜도 쌓인 게 없는데
만나는 이들이 어르신이라 한다.

뿔도 나고
부끄러워
그놈의 어르신 시궁창에 버리니
이번에는 할아버지라 한다.

그것도 싫어
길바닥에 팽개치니
지네끼리 수군수군 영감이라 한다.

어디로 갈까
지하철 타고 바람이나 쏘일까
이번에는 그놈의 기계음이 낙인을 찍는다.
경로입니다.
경로입니다.

이런 된장.
불평을 해대니 어느 날부터 슬쩍 소리가 바뀐다
젊은이는 삐.
지공선생이구면, 삐삐

그날 이후 나는 삐삐가 되었다.

16

나에게

재미 있어야 합니다
피땀 흘려 하지 마세요
피땀 흘려 돈 벌면, 피땀 흘려 공부하면
안 그런 이를 탓하게 됩니다
그리고 나를 안 알아주면 그 사람들이
미워집니다

피땀 흘려 하지 마세요
재미 있게 하세요

한성씨

Oneday는 한 가지로 끝난 날,
Someday는 몇 개인가 궁금함이 있는 날

간 것은 하나 올 것은 몇 개
장사되는 날

그대 혹시 나를 사랑하냐
물었더니 그냥 웃는다 ... 함박꽃

19
—

칸을 보면서
나는 탕ㅇ이가 좋다고 했다.

제주도 티비를 보며
이ㅇ리는 매력적이라고 했다

곁에 ㄱ선생의 한 마디
김ㅇ미 정ㅇ희는 어떻허구?

好好好
나는 바람둥이 할아버지

20
—

서영은이 노래했네

힘이 들 땐 하늘을 봐

나도 노래했네

힘이 들 땐 하늘을 봐
거꾸로

道詩樂

한시

蛇梁島사량도에서

聞之南國春
 남녘에 봄 왔다 소식 듣고선
心發早於花
 꽃보다 마음이 먼저 피었네
歡笑杜鵑旁
 환히 웃는 진달래 꽃 옆에서
未醒一片華
 나도 몰래 한조각 꽃이 됐구면

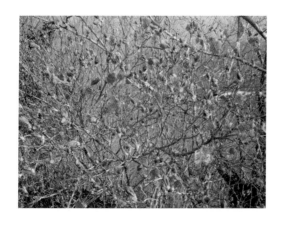

洗心寺

向至開心改洗心
開心 길에 길 바꾸어 洗心寺로 갔네

迤邐逾徑寺山沈
구불구불 비낀 길 너머 절집은 산에 잠겨있네

禪僧莞爾闔供養
스님은 빙그레 따슨 공양 내주시고

問我如來一洗心
여래께선 물으시네 마음 한번 씻었느냐

지난 달, 서산에 있는 아름다운 절 開心寺에 가려다 길이 어찌나 밀리는지 마음 바꾸어 洗心寺로 갔습니다.
아산에서 온양을 가는 길에서 길 바꾸어 한참을 가니, 구불구불 산길 비탈길 그 넘어에 아주 작은 절이 있었습니다.
마침 초파일 다음 날이라 절에 인적도 끊겼는데, 나이 드신 비구니 스님과 몇몇 신도들이 연등을 거두고 있었습니다.

절 마당에 내려앉은 햇볕과 산비탈 넘어오는 바람과 시간을 잊은 듯한 절집 식구들 사이에서 나도 잠시 脫俗해 보는데, 굳이 밥 먹고 내려가라는 누님 같은 비구니 스님 성화에 못이겨 절집밥 신세를 졌습니다.
그 느낌을 이렇게 적어본 것입니다.

북한산 의상봉 보며

曉霧擁城郭
朝陽隱義湘
葉葉發丹楓
霜秋不勝中

새벽안개 성을 감싸고
아침해 의상봉에 숨었는데
잎잎마다 단풍 틔우니
가을은 그 마음 이기지 못했구나

북한산에서

새벽잠 깨어

老童春不勝 노동춘불승
一夢忘高枕 일몽망고침
玄上初生月 현상초생월
碧宵梅朶恁 벽소매타임

늙은 아해 봄기운 이기지 못해
꿈 한 번 꾸고 잠 설치네
깊은 하늘은 초승달
푸른 밤엔 매화떨기 그대

――한밤중 잠깨어 뒤척이다가
만해 선생 詩 한수 읽노라니
문득 動하여..

霖中飮茶

霖中飮茶
장마비 보며 차를 마시다

何友將淸雀
어느 벗이 맑은 차 보내왔더라

望霖一飮時
장마비 바라보며 한잔 마시네

林皐如颯颯
숲 우거진 언덕 바람처럼

餘味滴脣彌
뒷맛이 입술 가득 적셔 오는군

참고)
霖 장마림
雀 차 딴 시기에 따라 부르는 이름
　(細雀/ 中雀/ 大雀)
將 ~편에 물건을 보내거나 가져오다
林皐 숲 언덕
颯 바람소리 삽. 颯颯 바람 부는 모양
彌 두루=周

숨은 벽

靑山白雲市隱壁
三伏午睡時隱李
청산백운, 저잣거리에서 숨은 벽에
삼복오수 시간 속에 숨은 이선생

祖江을 바라보며

祖江共北地
松岳溟煙霧
春漫文殊岸
夢眠南北路

조강은 북녘땅 아우르고
송악은 연무 속에 아득하다
봄은 문수산 언덕에 흐드러졌는데
남북의 길 꿈속에 잠드는구나

————

漢南正脈 끝자락산 문수산 진달래 봄맞이 다녀왔습니다.

흐드러진 꽃동산 아래로는 한강과 임진강이 만나 바다로 들어가는
祖江이 흐릅니다.
강너머가 북녘땅입니다.
개성도 보이고 송악산도 지척에 있습니다

도시락

초판 1쇄 2022년 09월 08일

지은이   이한성
발행인   김재홍
총괄/기획 더 숲 컴퍼니 / The Soop Company
마케팅   이연실
디자인   현유주

발행처   도서출판지식공감
브랜드   문학공감
등록번호 제2019-000164호
주소   서울특별시 영등포구 경인로82길 3-4 센터플러스 1117호(문래동1가)
전화   02-3141-2700
팩스   02-322-3089
홈페이지 www.bookdaum.com
이메일   bookon@daum.net

가격   12,000원
ISBN   979-11-5622-731-1   03810

문학공감은 도서출판 지식공감의 인문교양 단행본 브랜드입니다.

후원 :   경기도   경기문화재단

이 작품은 2022 경기예술지원 〈원로예술활동지원〉에 선정되어 '경기도'와 '경기문화재
단'의 지원을 받아 제작되었습니다.